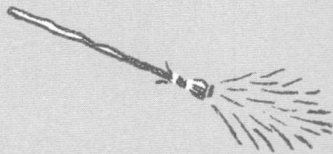

想变成魔女

〔日〕中岛和子 著　　〔日〕秋里信子 绘

林文茜 译

北京联合出版公司

Beijing United Publishing Co.,Ltd.

公园的樟树下，有一把长椅子孤零零地待在那里。

那是一把哪里都能看到的普通椅子，不过——

这并不是一把普通的椅子。

公园里没人时，一把扫帚摇摇晃晃地飞了起来。

　　随后它降落在长椅子的旁边，并立正站好。

　　"我跟你说过有重要的事，你却慢吞吞的。不会是又去追麻雀，或玩别的什么了吧？"

　　扫帚无力地低下头。

　　没错！这把长椅子实际上是魔女变的，而这把扫帚是魔法扫帚。

长椅子原来是个上了年纪、丧失法力的魔女。

　　她年轻的时候，能够变成各种各样的东西，而变成长椅子是她最后的魔法。

知道这件事情的，只有魔法扫帚和樟树，以及一个叫小萌的女孩。

　　小萌是唯一知道长椅子秘密的人，这把扫帚也是魔女给小萌的。

长椅子用非常严厉的声音对扫帚说：

　　"好啦，你仔细听好喽。我接下来要做的，是一件相当困难的事。但是，不管怎样，我都想试试。这件事需要你的力量！你会帮我吧？"

　　扫帚用力地点了点头，好像在说"当然"。

变成长椅子的魔女，不能动，也不能出声，只能通过扫帚向小萌传达自己的想法。

　　"那么，你叫小萌明天来这里，没问题吧？听懂了就快去快回！"

　　扫帚像是被弹了出去，"咻"的一声飞远了。

夕阳西下，天空渐渐变成了深紫色。

这是长椅子最寂寞的时刻。

她轻轻地叹了一口气，仰望着樟树，平静地自言自语起来。

"我啊，并不后悔变成椅子。不过，有时我的内心深处会觉得一阵凄凉……"

长椅子总是在观察，她看到
来公园玩的人们开心地聊着天。

他们有时会吵架，有时会和好，然后又吵架。即使这样，他们还是好朋友。

"没错，小萌是我的朋友。但是我们不能一起玩，也不能聊天。"

樟树温柔地晃动着树叶，像在安慰长椅子。

"不过，我想到一个好点子。我能够为小萌做的，也只有这件事了。"

长椅子说到这里，脸色突然凝重起来。

"但是，事情能否顺利，就要靠小萌自己了。"

第二天傍晚，小萌被扫帚拉到公园。

"长椅子，有什么事吗？"

小萌想坐在椅子上，但她停下了，纳闷地说：

"奇怪！"

如果是平时的话，长椅子会温柔地迎接她。

"快，来吧！"

然而，今天长椅子周围的空气异常紧张。

"长椅子，你怎么了？"

这时，扫帚开始在地上写字。

一如往常，那些字并不好认。

"我想教小萌魔法。"

"咦，骗人的吧？那是不可能做到的。"

我想，教
小萌
魔法

小萌的眼睛瞪得圆圆的，一会儿看看扫帚，一会儿看看长椅子。

　　"这是真的吗？"

　　扫帚用力地点点头。

　　小萌的脸迅速绽放出光彩。

　　"我好开心！"

　　小萌抱住长椅子。

扫帚继续写字。

"魔女的修炼很严格，小萌要努力。"

"没问题，我会加油的！太棒了，真是太棒了！要是成为魔女的话，我就可以变身了吧？"

"啊，你想得太简单了，成为魔女需要好几年的时间呢。就算是我，也是累积了很多严格的训练成果才能变身呢！"

长椅子述说着魔女的修炼有多辛苦。

扫帚有时写错字，有时要重写，还得到处飞，忙碌得不得了。

"不过，我先把话说在前头哦。即使进行严格的修炼，我也不确定你能施魔法。就算这样，你也要试试吗？"

　　扫帚还没写好，小萌的眼睛就亮了起来，说：

　　"长椅子，怎样才能施魔法呢？请快点教我！"

"哎，真的没问题吗？"

长椅子担心起来。

"森林……房子……魔法……入门书……"

扫帚摇摇晃晃地写完这些字，便"啪"的一声倒下了。

"我知道了，在森林的房子里有魔法书。"

　　小萌拿起扫帚，轻轻地骑在上面，精神抖擞地说：

　　"扫帚，出发喽！"

　　然而，扫帚一动不动。

　　"怎么回事，你在休息吗？赶快飞去森林吧！"

　　扫帚听到长椅子的话，一下子飞了出去。

扫帚载着小萌，勇往直前地飞向森林。

不一会儿，魔女的家映入眼帘。

"啊，就是那间屋子吧？"

一间有烟囱的小屋，安安静静地待在喜马拉雅杉树下。

"哦，这里是长椅子的家……"

小萌好奇地环顾屋内。

桌子、床和摇椅上都积了一层灰尘。

小萌刚轻轻地迈出脚，就发现有东西发出"吱吱"的声音，从她的脚旁跑过。

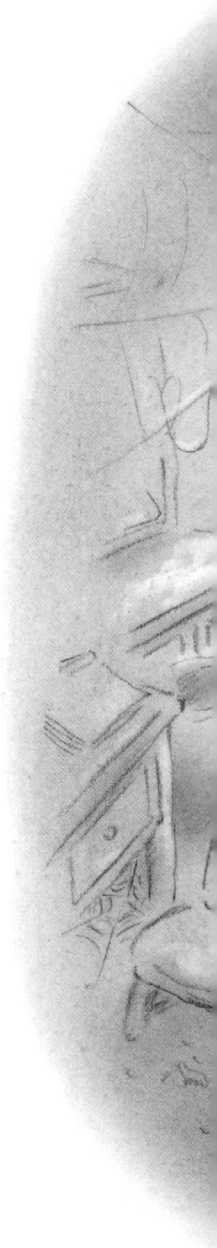

“哇，是老鼠！”

老鼠开心地跑向扫帚。

不知道从哪里来的小蝙蝠，在屋里飞来飞去。

小萌看到了充满药味的大锅、装着奇怪物品的瓶子、挂在墙上的黑色斗篷……

"长椅子真的是魔女！"

小萌兴奋起来。

她查看着屋里的每个角落，发现了一个老旧的书柜。

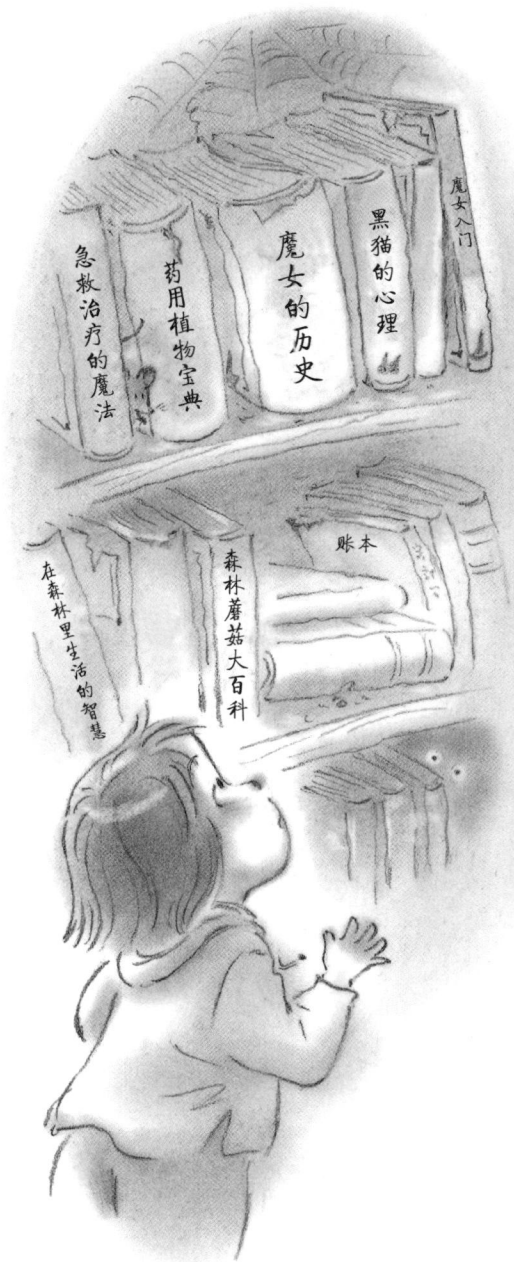

急救治疗的魔法

药用植物宝典

魔女的历史

黑猫的心理

魔女入门

在森林里生活的智慧

森林蘑菇大百科

账本

"哇！全都是看起来很难懂的书哦。"

《急救治疗的魔法》《药用植物宝典》《在森林里生活的智慧》《魔女的历史》……

"长椅子说的魔法书，是哪一本呢？"

在书柜的一角，有本破破烂烂、薄薄的书。

魔女入门——书的封面这么写着。

 你能够成为魔女吗？

将 ◎、○、△、× 写在右边的方框内

问题1. 喜欢学习吗？

问题2. 喜欢动物吗？

问题3. 能够一个人睡觉吗？

问题4. 常常帮别人吗？

问题5. 知道树和花的名字吗？

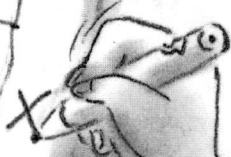

"啊，一定是这本书！"

翻开书，她看到了这个问题：
"你能够成为魔女吗？"

每个题目后都有用铅笔标示的记号。这一定是魔女还很小的时候，回答这些题目时做的记号吧。

"看起来很有趣！我也要回答一下。"

这些题目全部答完后，魔女和小萌标示的记号数量相同。

"太好了！我，或许能够成为魔女！"

小萌将《魔女入门》这本书夹在腋下，对正在和蝙蝠、老鼠玩耍的扫帚说：

"扫帚，要回去喽！来，快一点儿！"

"长椅子，你说的魔法书，是这一本吧？"

"没错没错，是这一本。"

扫帚写着："明天……早上……六点……读书……作业……"

"咦？我起不了那么早。而且，今天有数学作业呢！"

"你要放弃修炼吗？"

"不是，我会好好修炼的！"

小萌将书抱在胸前，急急忙忙回家了。

但是，小萌写了数学作业、吃过饭、看完电视、洗完澡后，就睡着了。

"糟糕！超过六点了！"

小萌慌慌张张地来到公园，这时扫帚已经写好字了。

"你读书了吗？"

"对不起……"

"嗯，第一天就发生这样的事，未来的情况不难想象啊。"

长椅子叹了一口气。

"那么，开始吧！首先大声读'魔女的三个条件'。"

长椅子说话，扫帚写字，小萌读那些字。

　　虽然长椅子的想法，传达给小萌需要时间，但也只能这样。

　　小萌大声地读最前面几页。

"成为魔女的三个条件：第一，拥有坚强的心。第二，拥有奋进的心。第三，拥有为别人设想的心！"

　　"嗯，不错，很有活力。要牢记这三个条件。那么，开始修炼魔法吧！"

“首先，练习‘呼叫小鸟的魔法’。听好喽！想呼叫小鸟，就要像我这样噘起嘴来……”

长椅子摆出一副要吹口哨的样子，随后又苦笑起来。

"小萌既看不见我的身影，也听不见我的声音，所以根本不知道我示范的口哨声。嗯，比想象中还要难呢！"

不过，长椅子和扫帚都没有放弃。写错后擦掉，擦掉后再写，不厌其烦地教小萌吹口哨的方法。

小萌也噘起嘴，认真地练习吹气，一会儿加强吹气，一会儿减弱吹气，一会儿很使劲儿，一会儿又变得轻柔起来。

但是，她发出来的声音是——

“呜呜——”

扫帚捧腹大笑。

“哎，第一次大概就是这样吧。尽管这样吹口哨，一只小鸟也呼唤不来，但是……”

小萌失望地垂下了肩膀。

“今天到此结束，明天继续。”

“什么，已经结束了？我还想练习呢！”

小萌不肯就此罢休，她“呜呜——呜呜——”地吹着口哨回家了。

第二天早上，小萌吹着口哨
来到公园。

她仍然只能吹出"呜呜"的
声音。

"吹得还不是很好，不过，只要多练习就好了。那么，我们今天练习'了解动物心情的魔法'吧！"

刚好有一只花猫静静地卧在樟树旁边。

"你知道那只猫在想什么吗？"

小萌目不转睛地注视着花猫的脸。

“猫咪，早上好！你现在在想
什么呢？”

花猫不停地眨着眼睛。

“我知道了！它在想：‘好想
睡觉。’没错吧？”

"那是小萌你的想法……"

扫帚这么写道。

"呵呵呵，猫也会贪睡呢！"

这时，花猫"喵"的一声，转过头去跑远了。

"啊，它认为我是个奇怪的女孩吧！"

这时，扫帚轻盈地跳了起来，写着"答对了"。

　　第三天，是"汇集云朵的魔
法"，可是——

　　不知为什么，小萌一副无精
打采的样子。

不过，修炼必须坚持下去。

"食指……指向……天空……转三次。"

小萌按照扫帚写的那样做。

"不行！将手臂伸得再长一点儿，在空中画大大的圈哟。你看！旋转，旋转，旋转……"

旋转，旋转，旋转……

就算按照魔女说的那样做，云朵也丝毫没有汇集起来的意思。

不管等多长时间，它们依旧随风飘散。

旋转，旋转，旋转……

旋转，旋转，旋转……

无论练习多少次，都没有任何改变。小萌放弃了。

"这不是真正的魔法。我没办法做这些。长椅子啊，请赶快教我真正的魔法吧！"

"你说这不是真正的魔法？别说傻话了。魔法的基础很重要！如果你没有心思练习的话，就不要练了！"

扫帚像是自己挨了训责，坐立不安。

小萌一直瞪着扫帚写的那些充满火药味儿的字，似乎想说些什么。

那一天，小萌没练习完就回家了。

那天晚上，长椅子叹了一口气，对樟树说：

"是我太严格了吗？你不觉得今天小萌很奇怪吗？她是不是有什么烦恼？"

樟树左右摇晃着树枝，好像也在想这件事。

"说不定小萌不会再来修炼魔法了。不知道为什么，我有这种预感。"

长椅子后悔起来。

正如长椅子担心的那样。

那天起，小萌的身影没有再出现。

长椅子一直在等待小萌，等到胸口都疼了起来。

"不继续修炼也没关系，只要你来找我就好了。"

几天时间过去了。

有一天，长椅子看到小萌站在远方，背对着深紫色的天空。

"小萌！你来了啊！"

然而，平时总是会跑向她的小萌，今天却垂头丧气地慢慢走过来。

"小萌，你怎么了？你的眼神那么悲伤。"

小萌一坐下来，便说：

"我有话要告诉你……"

她只说了这句话，泪水就流了下来。

"小萌到底发生什么事了？你快点儿帮我写！"

　　长椅子着急地对扫帚说。

　　"妈妈……又要住院……还是……被人欺负……"

　　小萌摇了摇头。

"不是的，我……我要搬家。"

"搬家？！"

长椅子急得快要跳起来了。

"骗人！小萌，你在逗我吧？"

扫帚急忙写着"骗人"。

"我没有骗你。前几天，我就想告诉你，只是……长椅子，我爸爸要调动工作。听说要跨越海洋才能到达那个国家。所以，我也要一起去。"

"什么时候？"

"一个月后。"

"一个月？只有一个月……"
长椅子悲伤到了极点。

"如果去那么远的地方，我就再也见到你了。我讨厌这样！你不要搬家！请不要，不要搬家。"

"再见了，长椅子。我明天会再来。"

长椅子看着无精打采离去的小萌，说不出任何话。

"小萌要离开……"

这样的事情，从来没想过。

不管长椅子是小萌多么重要的朋友，也不能阻止她搬家。不管施什么魔法，也没有用。这一点长椅子心里很清楚。

　　她仰望着樟树，说：

"我从来没有像今天这样，因为自己是一把椅子而难受。你了解我的心情吗？"

　　樟树的树叶沙沙作响。

　　那一天，长椅子直到黎明都无法入睡。

“长椅子，早上好。已经六点喽。”

　　“哦，早、早上好……”

　　长椅子听到小萌的声音，睁开了双眼。

　　“拜托你！长椅子，请从头教我魔法。虽然没有那么多时间，但是我会尽最大的努力去学。”

　　小萌盯着长椅子。

　　“小萌……”

魔女修炼
重来

如果能将自己的声音传达给小萌的话，长椅子会紧紧拥抱她吧。

　　"我一直在等这句话呢！"

　　"魔女修炼……重来……从今天开始特训。"

　　扫帚干劲十足，鼓足了力气写字。

但是，明天就要搬家了。

"这一个月……你很认真……"

虽然第一次被夸奖，但是小萌一脸忧伤，摇了摇头。

"一个也没学会……"

这时，扫帚绷着脸，轻轻地碰了碰《魔女入门》这本书，写出"最后一页"几个字。

小萌一翻开书，那里便出现两道题目。

"你真想变成魔女吗？"

"我想变成魔女！不过，已经来不及了。"

"那么，说说你想变成魔女的理由吧！"

"我，只要一次就好，我想和长椅子说话，想听听她的声音。因为，她是我的好朋友。"

"小萌，我也是那样想的。"

那天晚上，长椅子抬头看着月亮，长长地、长长地叹了口气。

"我想教小萌更多，我想把我所有的一切都给她。但是，她就要离开了……"

樟树仿佛想抱住长椅子似的，伸长了枝干。银色的月光，透过树叶的缝隙，稀稀疏疏地洒在椅子上。

"长椅子——长椅子——"

远处传来了呼喊声。

不，这个声音在近处就可以听见。

由于一整晚都无法入睡，所以到了黎明，长椅子觉得很困。

扫帚还沉沉睡着。小萌悄悄
地坐在长椅子上。

　　"长椅子，你总是很温暖！"

　　"啊，小萌，你也很温暖哟。"

　　小萌的体温传达给长椅子。
能够这样坐着，是最后一次了。

"长椅子，你和我一起搬家吧！嗯，就这么办！"

"啊哈哈哈——虽然我想这么做，但我还是决定留在这里。"

长椅子拼命地忍住不哭。

她紧紧地、紧紧地搂住小萌，真诚地说：

"谢谢你给我的快乐时光！我永远不会忘记你……"

小萌吓了一跳，她似乎听见了长椅子的声音。

不，她确实听见了。听见了在某个地方，温柔地将她抱起来的声音……

那是小萌第一次也是最后一次听到魔女的声音。

不过，她已经心满意足了。

小萌下定决心，站了起来。

"我也永远永远不会忘记长椅子。谢谢你，长椅子！"

小萌和长椅子，都没有说"再见"。

图书在版编目（CIP）数据

想变成魔女 ／（日）中岛和子著 ；（日）秋里信子绘；
林文茜译. —— 北京 ：北京联合出版公司，2015.12（2016.7重印）
（启发童话小巴士）
ISBN 978-7-5502-5811-2

Ⅰ．①想… Ⅱ．①中… ②秋… ③林… Ⅲ．①童话－
日本－现代 Ⅳ．①I313.88

中国版本图书馆CIP数据核字(2015)第168981号

北京市版权局著作权合同登记号：图字01-2015-4742号

想变成魔女
（启发童话小巴士）

著：〔日〕中岛和子　绘：〔日〕秋里信子　译：林文茜
选题策划：北京启发世纪图书有限责任公司
台湾麦克股份有限公司
责任编辑：张　萌
特约编辑：杨　晶　贾更坤
特约美编：李今妍

北京联合出版公司出版
（北京市西城区德外大街83号楼9层　100088）
北京盛通印刷股份有限公司印刷　新华书店经销
字数5千字　889毫米×1194毫米　1/32　印张3.25
2015年12月第1版　2016年7月第2次印刷
ISBN 978-7-5502-5811-2
定价：18.80元

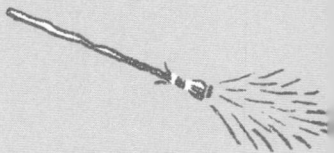